Manfred Moll

Ci, których warto kochać

Manfred Moll

Ci, których warto kochać

Kazania w Wigilię Bożego Narodzenia

Wydawnictwo Bezkresy Wiedzy

Cover image: www.ingimage.com

This book is a translation from the original published under ISBN 978-620-2-44152-0.

Publisher:
Wydawnictwo Bezkresy Wiedzy
is a trademark of
Dodo Books Indian Ocean Ltd., member of the OmniScriptum S.R.L Publishing group
str. A.Russo 15, of. 61, Chisinau-2068, Republic of Moldova Europe
Printed at: see last page
ISBN: 978-620-0-54289-2

Spis treści

Wiadomość

Zdarzyło się jednak wtedy, że cesarz August wydał przykazanie, które doceniłby cały świat. Te szacunki były pierwszymi, które miały miejsce w czasie, gdy Cyrenius był gubernatorem w Syrii. I każdy człowiek został doceniony, każdy człowiek do swojego miasta.

Następnie Józef również wyjechał z Galilei, z miasta Nazaretu, do Judei, do miasta Dawida, które nazywa się Betlejem, ponieważ był z domu i rodziny Dawida, aby być szanowanym z Maryją jego żona, która była z dzieckiem.

A kiedy tam byli, nadszedł czas, żeby urodziła. I urodziła swojego pierwszego syna, owinęła go w swetry i położyła w żłobie, bo w gospodzie nie mieli innego pokoju.

Ale w tym samym rejonie przy płotach byli pasterze, którzy nocą pilnowali swojego stada. I oto przyszedł do nich anioł Pański i jaśnieje wokół nich jasność Pana, a oni bardzo się boją.

I przemówił do nich anioł: Nie obawiaj się! Oto ja głoszę wam wielką radość, która przyjdzie do wszystkich ludzi. Bo w tym dniu narodził się wam Zbawiciel, którym jest Chrystus Pan, w mieście Dawida.
I to jest twój znak: Znajdziesz dziecko owinięte w pieluchy i leżące w żłobie. I od razu było z aniołem mnóstwo zastępów niebieskich, chwaląc Boga i mówiąc Chwała Bogu w górze i pokój na ziemi dla ludzi jego dobrej przyjemności!

Luke 2, 1-14

1989

a oni przyszli w pośpiechu

Nieważne, że masz dziś przytulne święta. Noc, wtedy w stajni, też nie była przytulna, a jednak Maryja poruszyła je w swoim sercu.

Nieważne, że masz dziś wieczorem spokojne i harmonijne święta. Dzieciątko Jezus nie tylko leżało w swoim żłobie i uśmiechało się. Krzyczał, gdy był głodny; i włożył swoje swetry; i wół śmierdział, i było zimno i niewygodnie.

Kiedy idziesz prosto do domu i nie jest cicho, bo dzieci nie są ciche; i nie jest cicho, bo rodzice mają drażliwe nerwy: To nie różni się od tamtej nocy.

Ale jakie to ma znaczenie, czy Wigilia nie jest koniecznie kontemplacyjnym wieczorem? Niektóre z planów na Wigilię zostały zdenerwowane przez upadek muru. Niektórzy są z tego zadowoleni, inni czują się trochę pod presją. Jeszcze inni narzekają, że i w tym roku wiele jest zamiecionych pod dywan w Wigilię Bożego Narodzenia; że świąteczna atmosfera zbyt często ma na celu tylko przykrycie chaosu własnego życia. Ale co tak naprawdę chrześcijanie świętują w Boże Narodzenie?

\Przecież nie świętujemy dziś wieczorem święta harmonii i spokoju! Dzisiaj świętujemy święto niepokoju i ruchu!

- Aniołowie nie trzymają go już w niebie, wprawiają się w ruch i napełniają powietrze niespokojnością swoich klapiących skrzydeł.

- Pasterze, ona już nie trzyma go ze swoimi owcami, oni muszą wyruszyć do Betlejem.

- Maryja i Józef, są w drodze, w drodze powrotnej, będą musieli kontynuować następnej nocy, aby uciec do Egiptu.

Boże Narodzenie jest świętem ruchu, ponieważ sam Bóg wprawia w ruch świat, zmusza ludzi do wyruszenia w drogę, wprowadza ich w niepokój. I porusza się, wyrusza z Maryją i Józefem do stajni, zamarza z nimi, dzieli się chlebem z pasterzami, wyruszy ponownie następnego dnia, jest w drodze w środku świata pełnego niepokoju i zmian.

To jest przesłanie tej nocy: Bóg jest tam, gdzie świat jest w ruchu. A to oznacza: Bóg jest tam, gdzie świat jeszcze nie jest skończony, a życie jeszcze nie jest w porządku. Bóg przychodzi do środka tego świata. I nie leczy bólu zanim przyjdzie; nie tworzy najpierw pojednania; nie przynosi harmonii i sprawiedliwości zanim nie zaangażuje się w sprawy ludzi. Ale on przychodzi do nas w pośpiechu, bo my się spieszymy. Przychodzi z niespokojnością, bo my jesteśmy niespokojni. Gorączka tego świata, niepokoje naszych czasów, tak: nawet zamieszanie w naszym życiu: Jak mogłoby być inaczej, skoro sam Bóg wprowadza ruch na świat? Tylko wtedy, gdy jesteś jeszcze w drodze, tylko wtedy, gdy nie jesteś jeszcze skończony i nie jesteś jeszcze doskonały: To właśnie tobie Bóg daje swojego Syna. Nie bądź z tego niezadowolony! Nie przejmuj się i nie wątp w siebie! Bo w tym dniu narodził się wam Zbawiciel, którym jest Chrystus Pan, w mieście Dawida.

1994

Oto dziewica pocznie i urodzi syna,
i będą go nazywać Immanuel,
To znaczy:
Bóg jest z
nami!

Mateusz 1, 23

Ta noc nie różni się niczym od każdej innej.
Siedzisz w ławce kościelnej, zmęczony, z myślami jeszcze nie całkiem tam lub już w domu. Stres związany z Bożym Narodzeniem jest wciąż w twoich kościach; i gniew, który miałeś, obawy, o które się martwisz: wszystko to nie odchodzi, ponieważ jest to Boże Narodzenie dzisiaj.

Ta noc nie różni się niczym od każdej innej.
Również dziś wieczorem są ludzie w drodze, również dziś wieczorem są pośpieszni podróżnicy, ludzie są w biegu, domy idą do ruin, ludzie umierają. Ta noc też nie będzie spokojna, ten świat pełen niepokoju: dziś też nie spocznie.

Ta noc nie różni się niczym od każdej innej.
Dzisiejsze wieści nie będą lepsze. Wiele przesłań, które dziś wieczorem przejdą nad eterem, wprawi ludzi w ruch, powodując przerażenie i niepokój. Świat nie zostanie uzdrowiony tylko dlatego, że Zbawiciel rodzi się dzisiaj.

A jednak ta noc jest inna od innych.
Wśród wieści o tej nocy ukryte jest bowiem inne przesłanie niż wszystkie inne.
Jestem z tobą,
ta wiadomość jest wywoływana,
Dziś wieczorem wyruszam, by być waszym bogiem wśród was!

To jest świąteczna wiadomość:
Sam Bóg jest w drodze! On nie pozostaje zafascynowany na szczycie swojego nieba, ale wyrusza na stajnię, zamrażając się z Maryją i Józefem, spiesząc się z pasterzami, przybywając z magami. Wyrusza, by uciec z dzieckiem w żłobie, cierpieć z nim, umrzeć z nim. Bóg jest na swojej drodze, by być wśród nas!
I to jest naprawdę niepokojące przesłanie! Bo to znaczy:

\Nie może już zamykać Boga w niebie, gdzie jest daleko i zostawia nas samych. Nie możemy już zamykać go w kościołach, gdzie znajduje się tylko w niedziele, z dala od naszych dróg. Nie: Bóg przychodzi do nas, przychodzi na ten świat pełen niepokoju i ruchu; był z nami w zgiełku Adwentu; idzie z nami do fabryki, do biura; i dziś wieczorem będzie z wami w domu!

Ale właśnie dlatego nie może być inaczej, niż to, że wieczorem trzęsie się powietrze, niż to, że wasze salony trzeszczą, niż to, że kiedy idziecie prosto do domu, czujecie niepokój, który jest ponad wszystko. \Powinniście móc milczeć tej nocy, gdzie krzyżuje się wieść: następna zła wiadomość; telegram z wiadomością o śmierci; kurs giełdowy, który oznacza ruinę, rozkaz, który wysyła bombowce w drogę - i zbawienne wołanie o pomoc; przesłanie: Człowiek jest zbawiony; przesłanie: Bóg jest pośród nas. To wszystko się miesza, miesza, powoduje konsternację, wiarę i niewiarę. Ale wiemy, kiedy patrzymy na niespokojne niebo, co to oznacza. Dobra wiadomość: słyszałeś ją!

Oto dziewica pocznie i urodzi syna,
i będą go nazywać Immanuel,
To znaczy:
Bóg jest z nami!

Z tobą, ze mną, ze światem.

1999

Bo nam rodzi się dziecko, nam
dany jest syn,
a panowanie spoczywa na jego ramieniu, a
jego imię to
Cudowny doradca, Bóg Bohater, Wieczny Ojciec, Książę Pokoju.

Izajasz 9, 5

Nie, nie pozostanie na zawsze
mroczna nad tymi, którzy się boją!
Świat jest pełen zmian. Nic
nie pozostanie takie samo.

Rodzi się nam dziecko, a
jego imię to
Cudowna rada -
Tak, dni ekspertów, know-it-all, głównych ideologów, technokratów i racjonalistów są policzone. Cokolwiek chcą nam powiedzieć: że energia jądrowa jest bezpieczna, że inżynieria genetyczna służy ludzkości, że komputery ułatwiają życie i że zakupy w niedziele uszczęśliwiają ludzi: wszystkie te przepowiednie i twierdzenia okazują się tym, czym są: pustym gadaniem.

Bo syn został nam dany - a jego
imię to
Boże bohaterze...
i oto Clintonowie, Jelcyni, Bill Gates, bohaterowie sportu, idioci popu, bohaterowie wojenni - kto chce ich zobaczyć, usłyszeć, uwierzyć im?

Rodzi się nam dziecko, a
jego imię to
Ojciec Wieczny -
Żaden ojciec, który się wycofuje; żaden ojciec, który nie ma czasu, nie musi pracować, nie potrzebuje odpoczynku - z tym dzieckiem, ojcowie, matki się zmieniają, rodzice i dzieci znajdują nową stabilność i miłość.

Dano nam syna, a jego
imię jest:
Książę Pokoju...
a serca stają się spokojne, a myśli jasne, gdy ludzie zdejmują zbroję i zbliżają się do siebie, gubią się w sobie bez tego wiecznego przymusu stania na ziemi. A oto broń gnije w proch i granice stają się przepuszczalne, a żołnierze śmieją się z każdego, kto próbuje rozkazać im stać w miejscu!

Bo świat jest pełen zmian. Rodzi

się nam dziecko...
a jego imię to :
Cudowna rada -
i nagle wiecie, co jest ważne: że miłość jest jedynym przewodnikiem; że nadszedł czas, aby dzisiaj wziąć się w ramiona, pocieszyć się, być czułym wobec siebie; że ta święta noc jest nocą zmian, gdzie wszystko może zacząć się od nowa, gdzie wy sami możecie zacząć od nowa, ponieważ to dziecko może zmienić wasze życie.

Dano nam syna, a jego
imię jest:
Boże bohaterze...
i nagle wiesz, że nie musisz być wielkim bohaterem, zwycięzcą, który jest zawsze silny. Dzisiaj jest święta noc, w której wolno wam być całkowicie słabymi, całkowicie samymi ze wszystkimi waszymi wadami i brakami - i wolno wam również przyznać się do swoich porażek i tęsknoty za miłością.

Bo dziecko rodzi się nam - a
jego imię to
Ojciec Wieczny -
a jego imię to: Pocieszyciel; a jego imię to... Jestem z tobą. A jego imię brzmi: Do końca świata.
Bo urodziło się nam dziecko,
dano nam syna - a jego imię
jest :
Książę Pokoju...
i wszystko na raz możesz zdjąć całą swoją zbroję i rozłożyć ręce szeroko i pozwolić, aby łzy się uwolniły, łzy miłości...
i radujcie swoje serce, bo ta noc jest świętą nocą, w której to, co złamane, zostanie uleczone, a to, co krzywe, wyrównane...

a świat ukazuje się w nowym splendorze, pełnym łagodności i pełnym dobroci - *bo panowanie spoczywa na jego ramieniu*
i niesie wasze zmartwienia, a wy nie musicie robić nic innego, jak tylko przyjść i oddać mu się z całego serca i pozwolić mu robić to, do czego przyszedł: odkupić świat.

Potem jest Boże Narodzenie.

2001

I wielka, jak każdy musi się przyznać, jest
tajemnica wiary:
On objawia się w ciele,
uzasadnione w Duchu, ukazał
się aniołom, głosił poganom,
wierzył w świecie,
wchłonięty w chwałę.

1. Tymoteusz 3, 16

\Oni mają syna.
I wielkie jest, jak każdy musi wyznać"
tajemnicę wiary:
On objawia się w ciele,
uzasadnione w Duchu,
ukazał się aniołom, głosił
poganom, wierzył w
świecie,
wchłonięty w chwałę.

O tak!
Ujawnił się w ciele:
Nie ma nic z idyllą i romantyzmem, nie ma nic z idyllą bożonarodzeniową i nie ma nic z wielokulturowym romansem według motta
Wszyscy mamy przecież jednego Boga!
Tak, nie mamy Boga, ale to nie jest po prostu każdy Bóg.
On objawia się w ciele:
On jest rozpoznawalny; nie chowa się za wieloma twarzami, nie nosi tego imienia z jednymi i z innymi, ale pokazuje się, pozwala się zobaczyć w stajni betlejemskiej; mamy Boga, który nie jest jakąś wyższą istotą, której prawdy nie możemy zrozumieć, ale który opuścił swoje niebo i - stał się mały!

\Panie Boże, on stał się mały. Nie chce spoglądać na nas z góry jak na wielką wiedzę, ale chce widzieć życie naszymi oczami i dlatego stał się tak mały jak my. Tak mały, że łatwo go zauważyć powyżej, gubi się w całym zgiełku ludzi. Stał się słaby; tak słaby, że czasami odrywa się, odrywa się od nas i od naszej wiary. Nasz Bóg stał się tak słaby, tak mały, że nie może już dłużej kontrolować wojen na świecie, nie jest już w stanie zatrzymać samolotów, tak mały, że może być pogrzebany pod gruzami. Tak mały stał się nasz Bóg - mały jak dziecko.

Ale właśnie dlatego można go znaleźć. Jest tak mały, że musimy go szukać - ale właśnie dlatego nie jest zbyt duży dla naszych umysłów.
Wiara w świat:
Nie trzeba wspinać się do nieba, żeby go znaleźć, nie trzeba być wykształconym filozoficznie, nie trzeba studiować teologii - nasz Bóg, on jest tak mały, że nawet pasuje do tego kościoła, że można go znaleźć tu dzisiaj, tu w żłobie, a nawet w waszych twarzach i w waszych sercach. Dlatego właśnie Bóg uczynił się taki mały: ponieważ jesteśmy tacy mali, ponieważ nasza wiara jest czasem także taka mała, nasza odwaga i nasza ufność w przyszłość. Ale właśnie tam chciał iść: do naszej czasem tak małostkowej codzienności, a teraz jest w tej codzienności; w naszej potrzebie, w naszych lękach, w naszych uroczystościach bożonarodzeniowych dzisiaj wieczorem, w tym mieście i w naszym otoczeniu, w tym świecie.

Wiara w świat:
Dziś wieczorem Bóg staje się wiarygodny, Bóg z nami - *Immanuel,*
Bóg dla nas - *wybawca: to jest Jego imię od niepamiętnych czasów!*

Nic innego nie jest Bożym Narodzeniem.
Boże Narodzenie jest świętem, w którym Bóg staje się wiarygodny.

I nagle trzeba zrozumieć, że jego imię to miłość i pokora jego postawy, a jego wielkość leży w jego małości. Ponieważ było to tylko małe dziecko, pasterze mogli zrozumieć tajemnicę wiary, a zatem - i dlatego prawdopodobnie będziecie mogli ją zrozumieć, dzisiaj.

Przynajmniej na dzisiejszy wieczór.

2003

Albowiem Bóg nie posłał swego Syna na świat, aby świat sądził,
ale żeby świat został przez niego ocalony.

Jan 3, 17

Dzisiaj pojawiła się miłość Boga do wszystkich ludzi. Nikt nie pozostaje wykluczony z zbawienia. Dziś nad tym światem znów unosi się blask, blask, którego nie może utrzymać żadna ciemność; blask, który nawet nadal oświetla piwnice i zakamarki, a także ostatnią lukę. Nikt nie pozostaje dzisiaj wykluczony z zbawienia. Ponieważ Bóg kocha ludzi, kocha nas nie dlatego, że jesteśmy takimi dobrymi ludźmi, ale dlatego, że jest Bogiem. Bo on chce ocalić. Wszystkie. Bezwarunkowo. Z miłości.

Nikt dzisiaj nie pozostaje wykluczony z zbawienia. Nikogo, nawet jednego z nas. Witamy, witamy. Tak jak i my. Z dala od pola, jak pasterze. Nikt nie pozostaje dziś wykluczony - nawet wątpiący. Ani kpiny. Ani twardych, ani nawet samolubnych. Nikt nie jest wykluczony. Kiedy bowiem zbawcza łaska Boga pojawia się dla wszystkich ludzi, wówczas naprawdę każdy jest przez nią rozumiany.

Oh - Bóg wie, co przynosimy na tę usługę. Gniew o siebie nawzajem, stres przed świętami, zmęczenie, przygnębienie, złość. Co pomaga? Wygłaszaszaszanie kazań do chóru? 1o ofert lub 5o ofert lub 1oo ofert? Ostateczny rygor? Orzeczenie w sprawie złych? Czy to pomaga przeciwko bezbożności? Czy to pomaga w walce z niesprawiedliwością i przemocą? A co z naszą własną bezbożnością, naszym własnym bezmyślnym życiem codziennym? To jest teraz w naszych kościach, nawet w Wigilię. Co pomaga?

Żadna ostateczna surowość nie pomoże przeciwko temu. Zioła to jedyna rzecz, która powstrzyma chwasty. Świat zostanie uleczony tylko przez zbawienie. Nasze kruche, rozbijające się, złamane życia zostaną uleczone tylko przez zbawienie. Dlatego przesłanie o zbawieniu nie jest:
Dzisiaj urodził się wam mściciel.
Albo:
Sędzia urodził się dzisiaj dla ciebie.
Nie - przesłanie o zbawieniu brzmi:
Zbawiciel rodzi się dziś dla was.
Tylko dzięki zbawieniu wasze życie
zostanie uleczone. Zioła to jedyna
rzecz, która powstrzyma chwasty.

Przeciwko nieświadomości
tylko miłości. I to jest jego
znak:

Dziecko owinięte w pieluchy i leżące w żłobie.
To jest znak przepełnionej łaski.

I widzicie - również wy kpicie, również wątpicie i niespokojni: Za pomocą tego znaku Bóg sprzeciwia się temu, że świat pozostaje taki, jaki jest. Zbawienie pojawiło się, wydaje się tym, którzy go potrzebują,
Duży i mały, mężczyźni i
kobiety, młodzi i starzy, słabi
i silni, prawi i lewi, zwycięzcy
i przegrani, szczęśliwi i
przygnębieni, odważni i
strachliwi:
Wygląda ci na to - i nikt
tego nie twierdzi,
że wraz z nim świat zostanie za jednym zamachem uwolniony
od wszelkiego zła, że wraz z nim Wigilia zostanie ocalona,
nasze obawy i potrzeby zostały
przezwyciężone - ale przyszłość została nam
pokazana,
niezrównaną przyszłość wolności i sprawiedliwości;
że pokazano nam tę przyszłość, w której cały świat zostanie ocalony:
To jest nadzieja świata!

2004

Bo Bóg tak umiłował świat, że dał
swego Jednorodzonego Syna,
aby wszyscy, którzy w niego wierzą, nie zginęli, ale
mieli życie wieczne.

Jan 3, 16

Oczywiście, Bóg nie oddał swojego syna, żebyśmy mogli świętować Boże Narodzenie. Wszyscy to wiemy - inaczej by cię tu nie było! Przyszedłeś tu, bo szukasz czegoś więcej niż tylko miłego festiwalu kwiatów. Ale potem proszę również wziąć na poważnie szopkę, którą dla pana zagraliśmy. Traktuj siebie poważnie - tak poważnie, jak traktuje cię anioł Pański. Wy jesteście ludem, w którym Bóg jest zadowolony!

To ludzie jego dobrej woli, nie inni. I pozwólcie mi przetłumaczyć to inaczej: Jesteście ludźmi, którzy są
\Muszę. Oni są bowiem jedno i to samo: *ludzie Jego przyjemności* i *ludzie, którzy wykonują Jego wolę.*

A teraz proszę, nie zgłaszajcie mi żadnych zastrzeżeń! Powinieneś ukryć swoje światło pod buszlem. Jesteś tu, bo chcesz światła w swoim życiu. Bo tęsknisz za światłem! Ale to nie jest coś, co ludzie, którzy mają coś do ukrycia, robią. Nie podoba im się to światło! Ty natomiast przyszedłeś, aby jasność Pana mogła świecić wokół ciebie! Bo nie masz nic do ukrycia. Bo jesteście ludźmi, którzy wykonują jego wolę.

Cóż, nie zawsze byłeś tak oddany, jak byś chciał. Ty też nie zawsze postępowałeś właściwie. Oni też nie zawsze robili to, co było konieczne. Ale czy uważasz, że pasterze byli lepszymi ludźmi od ciebie?

Bo jakie to ma znaczenie? Czego Bóg chce od ciebie dzisiaj wieczorem? Czy chce cichej nocy, harmonijnej uroczystości rodzinnej, dobrze wychowanych dzieci, a w prezencie, jeśli to możliwe, idealnego życia? Wspaniała równowaga roku, który właśnie się kończy?

Jeśli w to wierzysz, to nie słuchałeś! Zbawiciel się
narodził.
Ten, który chce wszystko naprawić.

A jak myślisz, dla kogo się urodził?

Dla tych, których życie nie jest całe.
Bóg bowiem dał w tym celu swego jedynego Syna, aby ci, którzy w Niego wierzą, nie zginęli, ale mieli życie, które trwa!

Syn Boży: On nie chce twojego idealnego życia - On chce przerw w twoim życiu! Twoje złamanie, niezgoda w twoim życiu. Chce, abyście sprowadzili na niego katastrofę, która spotkała was w zeszłym roku i katastrofę, którą spowodowaliście. Chce, żebyście pokazali mu swoje puste ręce i byli szczerzy wobec siebie i powiedzieli...
Nie mamy ci nic do zaoferowania. Poza nami samymi. Oprócz naszego życia, naszej wiary i naszej miłości.

Ale jeśli dasz mu to - to jesteś tym, co brzmi tak niesamowicie: wtedy jesteś *ludźmi jego dobrej woli.* Ludzie, którzy wykonują jego wolę. Bo przychodzą do niego. Bo mu ufają. Ponieważ wierzą w to, co dziś śpiewają ci aniołowie i nikt inny:
Twój Zbawiciel narodził się dzisiaj!

I uwierzcie mi: ta noc stanie się rzeczywiście świętą nocą, niesamowitą ucztą życia - nocą, w której wszechmogący Bóg stanie się Bogiem ubogich i Bogiem udręczonych, wątpiących, niedoskonałych, niedokończonych. Bóg słabych i bezsilnych. Albo, innymi słowy: Bóg, który kocha cię ponad wszystko - bo ty jesteś tym, kogo warto kochać.

2007

Kiedy ten czas się
wypełnił, Bóg posłał
swojego syna,
zrodzonego z kobiety.
i tego samego życia, z zastrzeżeniem tych samych praw, co każdy z nas.
...żeby je wyczyścił,
którzy podlegają tym prawom,
i że możemy stać się córkami i synami Boga.

Galacjanie 4, 4-5

Jest tylko jeden mały
dzieciak - tak, jest.
Nie ma nic więcej do powiedzenia.
Rodzi się nam dziecko:
To wszystko, co można powiedzieć.

Bo to mówi ci wszystko, co musisz wiedzieć:
Rodzi się nam dziecko,
daje się nam syna.
Kiedy był odpowiedni
czas.
Bo od tego czasu cały czas jest spełniony.

Nie ma już pustych dni.
Ale od kiedy to dziecko się urodziło,
każdy pojedynczy dzień, który się śni, jest dniem miłości.

Rodzi się nam dziecko:
Kiedy ten czas się
wypełnił, Bóg posłał
swojego Syna,
zrodzonego z kobiety i
tego samego życia,
z zastrzeżeniem tych samych praw, co my wszyscy -
tak, nie, świat, prawa tego świata nie zmieniły się przez to narodziny. Świat pozostaje niesprawiedliwy: miliony ludzi grasują w pieniądzach, bo obcinają innym pracę; pieniądze i władza, panuje niesprawiedliwość i egoizm; silna wygrana; tym lepsi nie mają szans przeciwko bezwzględnym i słabym - powolni, nieśmiali nie mają szans w ogóle. Tak, taki *jest* świat - a jednak nie pozostaje taki jak jest.
Ponieważ
kiedy czas był idealny,
to był *ten* świat, na który Bóg dał swego Syna: aby go zmienić. I zmienił je, napełniając cały świat swoją miłością.
Kiedy nadszedł odpowiedni czas...
Wtedy ludzie się zatrzymali,
by być pustymi, pustymi stworzeniami goniącymi za fantazjami; tam
Bóg zesłał swojego syna,

abyście zrozumieli, co rozkwita dzieci Boże na tym świecie: nic innego jak miłość Boga w całej jego pełni.

To jest przesłanie bożonarodzeniowe: że dla dzieci Bożych cały czas jest czasem spełnionym, ponieważ każdy dzień, który się śni, jest dniem pełnym Bożej miłości.

Bo czy to było sprawiedliwe w Betlejem, kiedy nie było miejsca dla dziecka tylko żłób? A jednak to był dzień najświętszych narodzin! Bo w tym dniu,
kiedy czas był idealny:
Nie wszystkie oczekiwania zostały spełnione, ale cała nadzieja. Tamtego dnia,
kiedy czas był idealny:
Nie wszystkie marzenia zostały spełnione, ale wszystkie tęsknoty.

A teraz musisz zrozumieć tylko *jedną rzecz:*
że to dziecko w żłobie to ty. Bo jesteście dziećmi Bożymi!

Jesteście dziećmi jego dobrej woli.
Nie na jedwabiu i aksamicie, tylko na słomie i sianie, a jednak zazdroszczą im aniołowie, zachwyceni stworzeniami, oświeceni chwałą Bożą -
i jasność Pana świeci wokół nich.

I jasność Pana świeci wokół nich,
dzisiaj, tu i teraz, i w twoim domu.

A jeśli w twoim domu jest tylko siano i słoma, to dobrze.
Bo wtedy wiesz, że przesłanie jest prawdziwe
i że jest ono dla ciebie,
i że ta noc jest tylko najświętszą nocą
narodzin,
dzieci Boga i spadkobierców jego obietnicy.

2008

I znajdziecie dziecko owinięte w
ubranka do swetrowania
i leżeć w żłobie.

Zbawienie jest w pieluchach -
w rzeczywistości: To jest wiązka \Mndem, która zawiera wszystko, czego pragniemy.

Heil: Przynajmniej ten wieczór nie jest już tylko złamany, zepsuty przez pracę czy płacz dzieci; nie jest to też ten beznadziejny bałagan, w mieszkaniu, w pokoju dziecięcym, w kuchni, we własnym życiu! Świat przynajmniej trochę bardziej wyleczony, w którym być może również związki ponownie się goją, urazy i stare rany.
Twój Zbawiciel narodził się dzisiaj dla ciebie:
To jest ten, który się leczy.

Ale zbawienie jest w pieluchach -
ani tylko w pieluchach. Wciąż musimy je znosić: nieświęty bałagan w pokoju dziecięcym, w łazience czy w kuchni; całe nasze życie jest wciąż w nieświętym bałaganie; coś jeszcze może się zepsuć każdego dnia, kawałek zaufania, miłości, nadziei.
Twój Zbawiciel narodził się dzisiaj dla ciebie...
ale nie może jeszcze wszystkiego naprawić, bo nadal jest w \Mndem.

Ale zbawienie jest w pieluchach!
Jest tam, początek jest już zrobiony, i więcej niż początek! Kiedy rodzi się dziecko, tworzy ono fakty, a więc jest to fakt w świecie, którego nie da się wyeliminować. Zawsze zapominasz, prawda?! Ty też tak uważasz:
Jest tylko mały dzieciak,
i pomijając fakt, że nie jest to już, nigdy nie do cofnięcia: narodziny tego dziecka. W pieluchach jest zbawienie - i nie da się go wyeliminować!

Dlatego: Spójrzmy na świat spokojnie, jaki jest! Góry lodowe topnieją, trwa wymieranie gatunków, a obecnie produkt krajowy brutto przestał rosnąć. A system finansowy nadal spada w dół, zdumiony miliardami, które nagle rozpływają się w powietrzu. Angela Merkel ma wszelkie powody, by stwierdzić że rok 2009 może być tylko gorszy niż jest. Ona będzie miała rację. Ale jak to było wtedy? Cesarstwo Rzymskie było już globalną wioską, cały znany świat zjednoczony w jednym imperium - nikt nie mógł z nim konkurować. A to, co wypchnęło Marię i Józefa na ulice, to nic innego, jak zbliżający się kryzys finansowy, który zmusił cesarza Augusta do nałożenia nowych podatków. Maryja i Józef: nie różnili się od nas na łasce interesów finansowych niektórych potężnych ludzi. I? Czy to ich wystraszyło?

Nie. Bo to było przed nimi, zbawienie. Ponieważ nie *mogli* przeoczyć, że zbawienie leżało w ich pieluchach. I tak powstał fakt, przeciwko któremu nawet August był bezsilny. Nawet on nie mógł cofnąć historii i cofnąć tego, co się stało.

Twój Zbawiciel narodził się dzisiaj dla ciebie:
Tak, nadal jest w pieluchach, ale jest tam.
Twój Zbawiciel narodził się dzisiaj dla ciebie:
Urodził się pośród tego beznadziejnego bałaganu, pośród naszych zerwanych związków, pośród wszystkich świątecznych stresów i zmagań i naszych niedokończonych żyć. Nasze życie jest niedokończone, tak - ale Zbawiciel narodził się nam dzisiaj i to On jest tym, który doprowadza niedokończone do końca, który prostuje krzywe i czyni zepsute zbawienie.

Dlatego wszystko może być tylko lepsze.
Musisz tylko spojrzeć na świat prawym okiem.

2009

Jesteśmy już dziećmi Bożymi - ale
to, czym będziemy, jeszcze nie
"wyszło na jaw".
Ale my wiemy:
Kiedy wyjdzie na jaw,
będziemy tacy jak on.

1 John 3, 2

Wierzysz w Boga?

I nie waż się powiedzieć:
Co za głupie pytanie!
Wiem bowiem, że jest dziś na służbie wiele osób, które nie wierzą w Boga. Albo którzy nie są tak pewni, czy wierzyć w Boga. Jest Boże Narodzenie - oto nadchodzi świat!

I tak powinno być. Ponieważ to właśnie dla tych, którzy inaczej nie przyjdą, mam dziś wiadomość. Bóg daje ci do zrozumienia - przez ewangelistę Łukasza, przez jego anioła i przez mnie - że dzisiaj niekoniecznie ma to znaczenie: że wierzysz w Boga. Dziś liczy się tylko to, że w nią wierzysz.

Bóg w ciebie wierzy. To jest przesłanie świąteczne. Bóg wierzy w ciebie tak bardzo, że powierza ci to dziecko.
Twój Zbawiciel narodził się dzisiaj dla ciebie,
anioł ogłasza,
i możesz wziąć to dosłownie:
Urodził się dla ciebie, został złożony w żłobie dla ciebie, został ci powierzony - nie dlatego, że jesteś taki pobożny, ale dlatego, że Bóg ci powierza,
ludzie jego dobrej woli
by stać się.

Nie wierzysz w to? Cóż,
pomyślcie o tym!
Czy Bóg wybrał pasterzy, aby byli świadkami tych narodzin, ponieważ pasterze byli tak dobrzy, tak doskonali, tak wierzący ludzie? Nic w tym rodzaju! Wręcz przeciwnie: gdyby byli - co robiliby w przedszkolu? Dlaczego mieliby szukać Zbawiciela, gdyby wszystko w ich świecie było nienaruszone? Tam, gdzie *wszystko* jest w *porządku,* nie potrzebujesz pomocnika; tam, gdzie czuję się wolny, nie potrzebuję wyzwoliciela; tam, gdzie nic nie jest złamane - nie ja i nie świat wokół mnie - nie potrzebuję kogoś, kto by się leczył. Dlatego Bóg wybrał pasterzy, ponieważ nie pochodzą oni z uzdrowionego świata i ponieważ sami nie są świętymi.

Tak samo mało jak tak zwanych świętych trzech królów - którzy są opisani w
\...bo Merkury nie jest królem, tylko magikiem. Którzy nie są nawet wierzącymi, ale poganami. Nie przychodzą do żłóbka, bo są tacy pobożni, ale dlatego, że mają nadzieję na jakieś wydarzenie. A do tego wszystkiego, są one tak samo niewyobrażalne jak my, jeśli chodzi o prezenty: najpierw pieniądze, potem perfumy, a potem trochę mirry dla dobrego samopoczucia.

Ale to nie ma znaczenia, mam ci dzisiaj powiedzieć! Nie o to chodzi. Przynajmniej dziś wieczorem, dziś po południu. Dziś liczy się tylko jedno: że Bóg powołał was do szukania zbawienia świata. I że pan przyszedł. Oni są tutaj! I dlatego Bóg ufa im, że zbawienie jest w ich właściwych rękach.

Bo będziesz inny, kiedy wrócisz do domu po tej usłudze. Bo mogą być inni.
Właściwie, to jestem inny. Tylko za rzadko się do tego zabieram:
Bóg traktuje dziś to wzdychanie impulsów bardzo poważnie.
I chcę, żebyś wiedział.
To na pewno! Właściwie, to jesteś zupełnie inny.
I chcę ci pomóc stać się tym, kim naprawdę jesteś.

To jest Boże przesłanie dla ciebie. *Jestem tam, ta wiadomość oznacza, że* jestem na świecie.
W tym świecie - nie w żadnym innym. A ja jestem twoim pomocnikiem.
Twój wybawca.
Żeby pomóc ci poczuć się lepiej. Być kimś innym.
I nagle dołączają się aniołowie,
wszyscy niebiańscy gospodarze nie trzymają go już z radości, a oni krzyczą i śpiewają z radości:
Chwała Bogu na wysokości i w pokoju na ziemi
człowiek jego dobrej woli.

Tak szczęśliwi są aniołowie, że Bóg w końcu ich znalazł: Ludzie, którzy chcą być inni. To ty! Wszystkie. Was wszystkich.

Teraz nie mów mi, że nie chcesz w to uwierzyć.

2009

Bo oto ja stworzę nowy, teraz dorasta, nie widzisz?
Robię ścieżkę na pustyni i strumienie wody na nieużytkach. Gra w polu pochwala mnie, szakale i strusie;
bo będę dawał wodę na pustyni i strumienie na pustyni, by podlewać mój lud, moich wybranych;
ludzie, których przygotowałem dla siebie, ogłoszą moją chwałę.

Izajasz 43, 19-23

A tam gdzie jest życie, tam jest zbawienie.

Tam gdzie jest życie, tam jest zdrowie,
i nie ma znaczenia jak żałosne jest to życie.

Gdzie jest życie, tam jest zbawienie -
w drodze, w drodze - ile osób jest dzisiaj w drodze! - w domu pod choinką; czy siedzicie razem przy stole, czy każdy z Was indywidualnie w fotelu, na krzesłach; czy jedno z Was jest w łóżku, czy żłób musi wystarczyć jako łóżko: Tam gdzie jest życie, tam jest zdrowie.

Więc tutaj! Tutaj z nami, gdzie wszystkie potwierdzenia są podekscytowane, że po prostu nie przegapić swój znak i matka Sade ma nadzieję, że Sade będzie w domu na czas dla gęsi, a niektórzy są szczęśliwi, że udało im się tu w czasie, a inni są niespokojni, ponieważ wciąż muszą zawijać prezenty w domu, a trzeci już wie, że te święta nie będą w ogóle kontemplacyjne, podczas gdy czwarty czeka na rozpakowanie prezentów w Wigilię Bożego Narodzenia i cieszenie się całą miłością, która zostanie rozdana z prezentami. Cała pełnia życia: Jest tu dzisiaj, a wraz z nią cała pełnia zbawienia. Bo tam *gdzie jest życie, tam jest zbawienie.*

W tamtych czasach Maria Carolina de Jesus wyruszyła do miasta Sao Paulo w Sacramento, mimo że była w ciąży; miała bowiem nadzieję znaleźć tam jedzenie i schronienie. A kiedy tam była, przyszedł czas na jej poród. I urodziła swojego pierwszego syna, owinęła go w swetry i włożyła do starej mydelniczki, bo w szpitalach w Sao Paulo nie było dla nich miejsca.

Czy myślisz, że myślała o przyszłości i troskach, które towarzyszyły jej w drodze? Nie: Ona widziała małe życie leżące przed nią, a sąsiedzi przyszli w zdumieniu i plotkowali i ich

Mężczyźni stali tam i uśmiechali się nieśmiało - i wszyscy czuli to: że na tym świecie jest jeszcze zbawienie.

Bo do kogo jeszcze przychodzi Zbawiciel, jeśli nie do ludzi takich jak my? Kłócąc się jak majsterkowicze, którzy są rozbici jak pasterz w żłobie?! Możemy być załamani, zmęczeni i wyczerpani, a czasami na końcu naszej nadziei - ale żyjemy! I tak długo jak żyjemy, mamy nadzieję.

Nie myśl, że będę głosił pokój, radość, naleśniki, albo pokój, radość, pieczoną gęś. To nie jest takie proste z leczeniem. Zbawiciel nie przychodzi do kitu, do pasty, do wygładzenia i ukojenia. On jest wichrzycielem: anioł wzywa pasterzy z dala od ich stad z jego powodu; Maryja i Józef nie mogą czuć się komfortowo po trudnych narodzinach, ale muszą umieścić swoje dziecko w żłobie. Nawet zastępy niebieskie są z powodu tego dziecka wyrwane z ich świętej pieśni chwalebnej i zepchnięte na ziemię przez Boga, aby zaśpiewać zbawienie tym bardzo nielicznym pasterzom. Wywołać ją z jej rutyny, z jej zwykłego, codziennego życia. Chodzi o zbawienie - tak, ale gdzie ma być zbawienie, tam musi być życie, a gdzie jest życie, tam jest niepokój. Żadna noc nie była bardziej niespokojna niż ta. Święta noc.

Tak. To ten niepokój sprawia, że ta noc jest świętą nocą. Ten, kto chce znaleźć zbawienie, nie może czuć się komfortowo. Dziś wieczorem Bóg wzywa ludzi, aby wyruszyli w drogę, przeraża ich, wysyłając na ich drogę, każąc im wyruszyć. I dlaczego? Żeby zostawili za sobą to, co zepsute!

Niech uleczy się zepsute rzeczy. Ale nie poprzez szpachlowanie, tynkowanie, wygładzanie i uspokajanie wszystkiego ponownie. ale zostawiając za sobą to, co nas niszczy. Tak jak wyruszyłeś dziś wieczorem, by pójść tu do kościoła, a jednak nie znalazłeś nic poza małym dzieckiem. Ale z tym dzieckiem zaczyna się nowe, nowe życie, i *gdzie jest życie, tam jest zbawienie.*

Tak, to jest dobra wiadomość: Nowe rzeczy dorastają, nie widzisz?! Co cię niszczy: Możesz to zostawić za sobą, zacząć od nowa, zrobić coś nowego. Może oddychać i żyć. Żyj - i bądź uzdrowiony! Wyleczcie się tam, gdzie mieszkacie! To jest dobra wiadomość: zbawienie znajduje się tam, gdzie mieszkasz! I dlatego zbawienie jest dzisiaj wszędzie w tym wielkim mieście. Nie tylko pod choinką. Nawet na ulicach. Wszędzie tam, gdzie są ludzie w ruchu. Wszędzie tam, gdzie ludzie wyruszają, by go znaleźć, zbawienie. Jest tuż pod nami. Tutaj, w tym kościele. I na zewnątrz, na całym świecie!

Bo Chrystus narodził się, Zbawiciel świata, a on jest urodzony e u c h , a on może być znaleziony tam, gdzie nigdy nie podejrzewałeś go: W twoim życiu!

2010

Pojawiła się w nim miłość Boga wśród nas,
że Bóg posłał swego Jednorodzonego Syna na świat,
abyśmy przez Niego żyli.

1 Jana 4, 9

"Nie bójcie się!
Anioł wzywa,
i to nie bez powodu!
Ponieważ jest to potężne orędzie, które głosi, potężne przesłanie, jest to orędzie wszechmocy miłości:
Pojawiła się w nim miłość Boga wśród nas,
że Bóg posłał swego Jednorodzonego Syna na świat,
abyśmy przez Niego żyli -
i ta wiadomość jest dla wszystkich,
wszystkich ludzi,
więc nie tylko chrześcijanie, ale również chrześcijanie, żydzi, muzułmanie, hindusi, szintoiści, biedni i bogaci, potężni i nieszczęśliwi;
Bóg tak bardzo kochał świat,
że pozwoli, aby przesłanie o jego miłości było głoszone wszystkim ludziom.

Ale nie wszyscy chcą je usłyszeć! Ponieważ, oczywiście, jest to twierdzenie, które Bóg stawia na ciebie. Ktoś przychodzi i mówi ci, że cię kocha - i to teraz!?
Kiedy dziecko przychodzi i mówi:
Mamusiu, kocham cię!
Tatusiu, kocham cię! —
Nie możesz tak po prostu odesłać dziecka, zignorować jego miłości, udawać, że nie słyszałeś. Bo wyrzekliby się wszystkiego, za czym się tęsknisz: szczęścia, błogości, spełnienia.

Więc nie masz innego wyboru, jak tylko zwrócić miłość, z którą jesteś kochany.
Oto pasterze spieszą się ze stadami
i szukać dziecka według słowa anioła;
chodźmy z nimi,
Pokój niech będzie z nami:
Jest to jedyna sensowna odpowiedź na przesłanie anioła. Pozwalać się chwytać i chwytać to, co daje Bóg: miłość.

Ale w tym świecie nie wszystko ma sens. Nie każdy jest skłonny oddać wszystko dla miłości. Bogaci mają najtrudniejsze

i potężny. Bo miłość czyni bezbronną. Ten, kto kocha, nie idzie na wojnę. Ten, kto kocha, już nie nienawidzi. Ten, kto kocha, nie czepia się władzy. Ten, kto kocha, rezygnuje ze wszystkiego, co nie jest dla miłości. Miłość nigdy się nie kończy, nie zna żadnej miary, nie zna granic, łamie wszystkie granice, niszczy wszelką przemoc. Miłość jest najpotężniejszą siłą, jaką świat zna - a więc przerażeniem wszystkich, którzy chcą rządzić tym światem.

\Panie, ale mamy wybór. Boże Narodzenie jest świętem decyzji. Festiwal wyjaśnień. Gdzie ja chcę stanąć na tym świecie? Jest pewien facet, który mówi, że mnie kocha. Czy ja chcę to usłyszeć? \Czy ja w to wierzę? Moja wielka miłość: Być może od dawna jest zmęczona. Nasza miłość - twoja, moja - jest codziennie wystawiana na próbę na nowo w świecie, który daje kochankom tak mało miejsca. Tak mało miejsca! Czasami nie więcej niż stajnia. Czasami nawet nie to, tylko łóżeczko dziecięce.

Ale to właśnie czyni tę noc tak świętą. Taki zdrowy. Stoimy bezbronni wobec orędzia o Bożej miłości - dlaczego tak trudno jest nam zrezygnować z oporu wobec niego? Wszystko, co musimy zrobić, to złożyć broń. Tak, czasami jest to trudne. Ale to nasza jedyna nadzieja. I nasze zbawienie.

Bo tego dnia narodził się wam Zbawiciel:
Dlatego *nie* boimy się. Bo my
wiemy:
Był obecny,
by uczynić nas biednymi
bogatymi, bezsilnymi
potęgami, zmęczonymi
namiętnymi, smutnymi
szczęśliwymi.
i my, straszni, odważni.
Śmiało kochanie, nie tylko
dziś wieczorem,
nie, dzisiaj i jutro i zawsze.

Bo miłość nigdy się nie kończy...

i pojawiła się nam tej nocy.

2011

Ludzie, którzy chodzą w
ciemnościach, widzą wielką światłość,
i "nad tymi, którzy mieszkają tam w krainie
ciemności, jaśnieje".

Izajasz 9,1

Ludzie, którzy chodzą w
ciemnościach, widzą wielką
światłość -
Naprawdę, żyjemy w mrocznych czasach! To nie duchy przerażają nas w ciemnościach - przerażają nas raczej "notariusze o północy"; kredyty są udzielane w tajemnicy; a jako śmiertelne niebezpieczeństwo okazali się ciemni ludzie, którym płaci Verfassungsschutz. Naprawdę, żyjemy w mrocznych czasach!

Ale nie martw się. Wszystko będzie dobrze! Spadochron ratunkowy już istnieje, co przyniesie Europie zbawienie i silne euro, pomimo słabych Greków. Wszystko będzie dobrze. Pytanie brzmi, dla kogo?!

Cóż, słyszałeś i widziałeś to: Naprawdę będzie dobrze.
Ludzie, którzy chodzą w
ciemnościach, widzą wielką
światłość -
a kiedy mówię ludzie, mam na myśli ludzi.

Kto to siedzi przy łóżeczku?
Raczej nowoczesna rodzina: rodzice nie są małżeństwem, dziecko jest nieślubne, a miejsce, w którym będą mieszkać jutro, jest jeszcze dziś całkowicie niepewne. Pasterze: nie pracownicy zatrudnieni na stałe, ale zatrudnieni na sezon, niejako pracownicy tymczasowi. Gospodarz czy gospodyni: nawet 2.000 lat temu być może nie był to tubyliec, może - tak!
- Grekiem. I astrologowie: Pochodzą z Bliskiego Wschodu, być może z Iranu; i jeden z nich jest, według legendy, czarnym człowiekiem.
Bardzo nowoczesne społeczeństwo - i to nie bogate! A to *wielkie światło?*
Nie więcej niż
dziecko,
owinięty w ubrania do swatania
i leżąc w żłobie.

Tak, ale inaczej nie będzie światła!

To nie będzie lekkie, bo gdzieś tam jest paru władców stawiających parasol! Ale światło staje się tam, gdzie ktoś mi mówi:

Lubię cię!
Spójrzcie na to: Mam dla ciebie prezent!

Tak, dlatego święta Bożego Narodzenia są takie wspaniałe: ponieważ ludzie dają sobie nawzajem prezenty. Ponieważ dajesz nie tylko pierścionek, krawat czy parę skarpetek lub laptopa - dajesz coś z siebie wraz ze swoim prezentem. Dajcie spokój, czułość, uwagę. W tym roku, na przykład, dają mi kapelusz. I wiem, co ten kapelusz oznacza. Ta, która mi go daje, chce, żebym był chroniony. To jest jej prezent.

Dlatego Święta Bożego Narodzenia są tak wspaniałą uroczystością: ponieważ ludzie otrzymują prezenty. Wszyscy ludzie, nawet ci, którzy nie dostają prezentu. Bo dlaczego dajemy sobie nawzajem prezenty? Ponieważ Maryja dała coś Józefowi 2.000 lat temu: to dziecko,
owinięty w ubrania do swatania
i leżąc w żłobie.

I z tym dzieckiem, nie tylko do Józefa, ale do całego świata, do wszystkich ludzi, do wszystkich ludzi: ten, który jest Zbawicielem całego świata.

Dla tego dziecka w żłobie: jest to dar Boga dla jego ludzkich dzieci.
Tylko dziecko - ale to
świeci jak słońce w łonie jego matki:
To dziecko jest światłem, które oświetla ciemność, które rozprasza cienie, które sprawia, że widzimy naszą przyszłość jako przyszłość, w której nie może być nic innego jak światło, życie i błogość.

To dziecko jest
A i 0,
początek i koniec:
Wieść o tym narodzeniu obejmie cały świat, wszystkie narody, wszystkich ludzi, którzy mają być błogosławieni. A wieść o tym narodzeniu nie tylko odpędza notariuszy o północy, ale stawia cały

świat w nowym świetle: w świetle, w którym nie możemy pomóc, ale by stać się spokojnym, czułym i kochającym. Bo to my jesteśmy tymi, którzy są kochani przez tego, który jest miłością.

I nikt nie może nam odebrać tej miłości.
Jesteśmy nazywani
dziećmi Bożymi i
jesteśmy również -
pozostają w ciemności i przygnębieniu,
pozostać w świecie, który wcale nie wydaje się być w
dobrej kondycji - i do którego przyszedł Zbawiciel,
Chryste Panie, w
mieście Dawida.

I to jest twój znak:
dziecko owinięte w swetry i
leżące w żłobie - dziecko
urodzone dla nas,
że możemy stać się i pozostać dziećmi
Bożymi, tej nocy
i jutro i zawsze.

2011

Oto ja głoszę wam wielką radość, która przyjdzie do wszystkich ludzi.

Więc tam są, zebrani razem w tym nędznym miejscu zwanym Betlejem, tak małym, że jest tylko jedno schronienie, a jest ono pełne, gdy tylko garstka obcych ludzi szuka schronienia w Betlejem. W tym śmietniku, którego nie ma na żadnej mapie. Jaka wspaniała rzecz może wyjść z Betlejem?

Więc tam są, pewnie siedzą na zewnątrz; stajnia nie będzie więcej niż dachem. Siedząc i zastanawiając się, zdumiony nowym życiem, dziecko leżące w żłobie, które Maryja i Józef krótko nadużyli. Zamieniony w łóżeczko.
Żeby dziecko przynajmniej miało dach nad głową.
Widzisz: Nikt nie potrzebuje domu za 500.000 euro.

Więc tam siedzą, przynajmniej na chwilę. Nie mają bowiem zbyt wiele czasu, uciekają tylko na krótko, pasterze, od swojego stada, będą musieli od razu wrócić, wykonać swoją pracę, wypełnić swoje obowiązki. Zaraz zawrócą - ale co widzieli, to widzieli.
Dziecko, owinięte w pieluchy
i leżące w żłobie.

Więc co? Czy na tym świecie nie rodzą się dzieci codziennie, co godzinę, co minutę? Co jest w tym takiego specjalnego? Ze względu na globalny wskaźnik urodzeń, narodziny dziecka liczą się nie więcej niż kropla w morzu. Ziarno piasku na plaży. Albo - tak, nie więcej niż płatek śniegu.

Ale właśnie to czyni go tak wyjątkowym: spojrzenie na globalną stopę urodzeń. Ten, który sprawia, że kpią:
Dziecko owinięte w pieluchy!
I kto sprawia, że inni wiwatują:
Chryste Panie!

Ci, którzy słuchali! Którzy usłyszeli przesłanie aniołów. I z tym przesłaniem w twoim uchu uzyskasz nowy pogląd na cały świat.

Za co śpiewają aniołowie?
Chwała Bogu na wysokości
i w pokoju na ziemi
człowiek jego dobrej woli!
Tak, niech ustawią swój euro spadochron ratunkowy. Co nas to obchodzi? Co ten spadochron zbawienia liczy się na horyzoncie, który Bóg otwiera dziś wieczorem, nad całą ziemią, wszystkimi kontynentami, wszystkimi narodami?

Patrzcie! Ta jedna godzina, którą pasterze opuścili swoje stado, ta jedna godzina siedzenia w żłobie zmieni ich życie. Betlejem, to nędzne miejsce, staje się miejscem tęsknoty za pokoleniami ludzi przez tę jedną noc. I to jedno narodziny: otwiera horyzont, który rozciąga się na cały świat! Narodziny te zmienią bieg świata, a wraz z nim przebieg życia niezliczonych ludzi. Nie na darmo kościoły są dziś pełne, na całym świecie, na całym świecie. Bo ta wiadomość:
Twój Zbawiciel narodził się dzisiaj!
do całego świata.

Tak, niech ustawią spadochrony ratunkowe! Zawsze żeglują po przebiegu wydarzeń. Bo globalizacja: zaczęła się 2000 lat temu. W żłóbku siedzą Maria i Józef, dzieci Izraela i kilku pasterzy z Palestyny, którzy tu przybyli; w pewnym momencie dołączy do nich trzech mężczyzn z Iraku lub Iranu. Właściciel, który jest właścicielem stajni, dachu nad głową, jest być może Grekiem za rogiem. Sługa domowa może być z Portugalii, a zastępy aniołów, które Bóg posyła, są w domu na całym świecie: w Chile i w Irlandii, w Chinach i w Kanadzie. Nie ma kraju, nie ma jednego kraju na tym całym świecie, gdzie dziś i jutro to dziecko w żłobie nie jest uwielbiane. To jest prawdziwa globalizacja: ewangelia narodzin Zbawiciela świata jest dziś głoszona na całym świecie.
Albowiem dziś narodził się wam
Zbawiciel, którym jest Chrystus Pan -
i Dobra nowina, wielokrotnie wszystkie te straszne wiadomości z rynków i giełdy.

Prawdziwa globalizacja: radosne przesłanie.
Przesłanie radości,
które spadnie na wszystkie narody,
przesłanie o zbawieniu,
...co jest ważne dla całego świata.

Pasterze są tymi, którzy rozumieją to tamtej nocy, więc
Odwrócili się i chwalili Boga za
wszystko, co słyszeli i widzieli -
ponieważ zrozumieli, że nowe już dawno nadeszło, i że obejmuje cały świat, globus, globus. Jest tam... on tam jest. I szydzi z tych wszystkich, którzy nie słyszą wiadomości:
"Nie bójcie się!

Ale wy, chrześcijańscy ludzie, słyszeliście je. I dlatego dziś będziecie świętować szczęśliwe, beztroskie, lekkie, niebiańskie święta. To tak samo pewne jak jajka.

2012

Bo w nim mieszka cała pełnia Bóstwa cielesnego, a w nim masz część tej pełni,
który jest szefem wszystkich uprawnień i władz.

Kolosjanie 2, 9-10

W życiu musi być coś więcej niż wszystko.

Nigdzie indziej nie staje się to dla nas tak jasne, jak w czasie Bożego Narodzenia, gdy chodzi o prezenty. Jeśli masz dzieci lub wnuki, to jest to łatwe: Święty Mikołaj lub Chrystusowe Dziecko przyniesie prezenty. Ale staje się to trudne, gdy chodzi o nas samych. Bo wtedy staje się bardzo jasne, że faktycznie mamy wszystko. Wszystko, czego potrzebujemy.

Ale nigdzie indziej niż w Boże Narodzenie nie staje się dla nas jasne: w życiu musi być coś więcej niż wszystko. Bo to, co mamy, nie wystarczy, by wypełnić nasze życie. Najprawdopodobniej nasze życie będzie wyglądało na spełnione tak długo, jak długo będziemy mieć małe dzieci. Ale nawet wtedy są jeszcze życzenia, które nie zostały spełnione. Pragnienie, na przykład, pokojowej przyszłości dla dzieci. Życzenie, aby pewnego dnia dzieci nie były w gorszej sytuacji niż my. Bo mamy wszystko.

I nadal czuć: w życiu musi być coś więcej niż wszystko. Nawet moja praca nie mogła być wszystkim. Moje małżeństwo lub związek partnerski albo po prostu nie małżeństwo i nie partnerstwo, przyjaciele i rodzina: Na pewno to nie mogło być wszystko? A moje codzienne życie, z całym jego zgiełkiem, niekończąca się praca w domu, zakupy, fryzjerstwo, a nawet długo oczekiwane wakacje: Na pewno to nie mogło być wszystko!

To na pewno!
aniołowie wołają: "To nie będzie wszystko". Twoje życie nie powinno być aż tak gorączkowe. To powinno być więcej, to powinno być... jak Boże Narodzenie!

Bo w Boże Narodzenie, w żłobie jest więcej niż cokolwiek innego. Na Boże Narodzenie w żłóbku leży to, co zawsze wypełniało cały świat: pełnia łaski Bożej. W dziecku staje się widoczne to, co wykracza poza każdy horyzont, przewyższa każdą tęsknotę: pełnię chwały Bożej.

Tak - Boże Narodzenie odkrywa to, czego brakuje w naszym życiu -

ale Boże Narodzenie ujawnia również to, czego brakuje. W tym świecie, w naszym życiu.

Bo kiedy anioł wzywa:
Twój Zbawiciel narodził się dzisiaj dla ciebie,
to jest jego sposób na powiedzenie
W życiu jest coś więcej niż to, co wiesz.
Jest szczęście, które nie ma końca,
jest pokój, którego nikt nie może złamać,
jest życie, które jest niezniszczalne.
To, czego ci zdaje się brakować: pojawiło się! Jest na świecie. Bo on się rodzi, który jest zbawicielem całego świata.

I to nie tylko w żłobie 2000 lat temu. Dzisiaj jest jeszcze w żłobie. Można go znaleźć gdziekolwiek jesteś, w domu lub w drodze; w domu, a jednak w drodze! Jest z tobą, kimkolwiek jesteś. Bo kimkolwiek jesteś: Jesteście ludźmi jego dobrej woli. Ludzkie dzieci. Dzieci Boże. Kto ma pełnię życia - bo rodzi się ten, kto przynosi pełnię.

To jest Boże Narodzenie. Odpowiedź na twoje westchnienia: W życiu musi być coś więcej niż wszystko.
Jest.
Wezwanie
anioła.
Zadzwoń do niebiańskich gospodarzy.

I muszą to wiedzieć, bo pochodzą prosto od Boga, który jest pełnią.

2013

Bo z jego obfitości wszyscy wzięliśmy łaskę za łaskę.

Jan 1, 16

Dzisiejsze dobre wieści:
Od przyszłego roku pasterze otrzymają minimalną płacę 8,50 euro. W końcu uczciwie im płacą.
I to jest ważne.

Tak, naprawdę. To jest
ważne. Wszyscy, włącznie z
tobą:
że czujemy się sprawiedliwie wynagrodzeni za naszą pracę.
Bo to jest forma uznania.
Albo uznanie dla twojej pracy. Każda gospodyni domowa wie, o czym mówię. Co oznacza brak uznania. A dla każdej pielęgniarki, każdej pielęgniarki geriatrycznej, każdej nauczycielki w przedszkolu i wielu asystentów sprzedaży wystarczy rzut oka na ich karty płac, aby zrozumieć, jak mało ceniona jest ich praca.

I wtedy świeci się światło,
i jasność Pana świeci wokół nich, a oni
bardzo się boją.
\Nie musisz się martwić o to, co się z nimi dzieje. \Zdarza się im. Do nich wszystkich ludzi!

A jasność Pana świeci wokół nich -
On, anioł, przychodzi do nich z całego ludu, z wszystkich ludzi, którym nigdy nie jest dane żadne uznanie, nie mówiąc już o uznaniu: Oni, ze wszystkich ludzi, są uważani za wartych bycia pierwszymi, którzy usłyszą przesłanie, które zmieni świat.
Twój Zbawiciel narodził się dzisiaj dla ciebie:
Bóg daje im ze wszystkich ludzi swoje
zbawienie. Nie ma płacy minimalnej!
Ale pełnia, nadmiar jego łaski!

\W tym kościele jest teraz około 1,700 osób. W następnym nabożeństwie będzie 1200 osób. Dlaczego? Dlaczego ludzie przychodzą do kościoła w Wigilię Bożego Narodzenia?

Ponieważ dzisiaj jest dzień, w którym anioł Pański przemawia do tych, którzy przychodzą do kościoła. Ponieważ dzisiaj jest dzień, w którym

usłyszysz dostać to, czego ci brakowało przez cały rok: że jesteś coś wart. Anioł Pański głosi dobrą nowinę o zbawieniu, o zbawieniu, które przychodzi na świat tylko dla ciebie, tylko dzięki tobie.
Twój Zbawiciel narodził się dzisiaj dla ciebie.
Wy, którzy nie macie sprawiedliwości. Ty, który tak często jesteś zaniedbywany. Ty, który jesteś zbyt często pomijany. Dla ciebie on się rodzi, *Chrystusie Panie.*

Tak, Wigilia to uroczystość tylko dla ciebie. Zmęczony i załadowany. Oh, kto został pasterzem?
Ten, kto tego nie zrobi, zostanie pasterzem,
był wtedy w mocy -
Tylko u aniołów nie miało to zastosowania, w tę świętą noc; a u Boga nie ma to zastosowania, nie ma nocy, nie ma dnia, nie ma to zastosowania u Boga: że to my jesteśmy tymi, którzy nic nie osiągnęli, nie mają nic w rękach, nie chcą i nie traktują poważnie. Na Boga, jesteśmy innymi:
Ludzie jego dobrej woli,
Przed Bogiem jesteśmy my, którzy liczymy się, gdy chodzi o historię świata, gdy Zbawiciel przychodzi na świat, który tak dokładnie zmieni świat, że nie zostanie on rozpoznany. To oni są tymi, dla których Bóg przepisuje historię świata z narodzinami tego dziecka w żłobie, ty ze wszystkich ludzi!

Tak,
Zbawiciel narodził się dzisiaj dla ciebie:

ponieważ jesteście ludźmi, którzy są więcej warci dla Boga niż płaca minimalna. Jesteś dla niego warta A l e s. I tak On daje wam wszystko, co ma: Syna swego, pełnię swej łaski, nadmiar swej miłości. Wszystko czego potrzebujesz, Bóg daje ci, wszystko czego pragniesz.

Bo jesteś dla niego tego wart.

2013

Ogłaszam radcę Pana. Powiedział do mnie:
"Jesteś moim synem. Dziś cię błagam. Zapytaj
mnie,
Oddam ci narody w dziedzictwo, a
końce świata w posiadanie.

Psalm 2, 7-8

Dla matki, jej pierwsze dziecko jest zawsze najpiękniejszym dzieckiem na świecie.
I dla ojca też.

Pamiętam, jak to było, gdy urodziło się moje pierwsze dziecko. Położna położyła mi córeczkę na ramieniu i miałam ją umyć - ale nie odważyłam się, bo bałam się, że mogę coś złamać. I wtedy musiałam wrócić do domu, a w drodze ze szpitala i do samochodu, ludzie podchodzili do mnie, a ja byłam tak szczęśliwa, tak dumna, tak wesoła, że krzyczałam do wszystkich:
To dziewczyna!
A niektórzy patrzyli na mnie bez zrozumienia, a inni zaczęli się uśmiechać i oddzwonili:
Gratulacje Gl!
Albo:
Jak miło!
A w moich i jej oczach cały świat wyglądał na szczęśliwego.

I widzisz, to jest cały sekret Bożego Narodzenia. Dzisiaj rodzi się dziecko, a ponieważ Bóg nie klepie inaczej niż my, woła do wszystkich ludzi:
To chłopiec!
Bo to dziecko w żłobie. To jego dziecko! To dziecko było pożądane przez Boga, absolutnie, od początku czasów, bez niego nie byłoby w jego żłobie - i dlatego Bóg może słusznie powiedzieć
Mój synu!
I jest tak zachwycony, że teraz po prostu chce, aby ludzie wiedzieli o tym porodzie. I tak posyła swoich aniołów, aby głosili dobrą nowinę, a oni to czynią i ogłaszają ją pierwszym najlepszym, którzy na nich natkną się, pasterzom:
Twój Zbawiciel narodził się dzisiaj!
A także pasterze, zaatakowani tym przesłaniem, mogą nie wiedzieć, co się z nimi dzieje, ale w każdym razie budzi się ich ciekawość i wyruszają, by zobaczyć dziecko na własne oczy. A oni widzą tylko to: całą radość Boga, całe szczęście Boga. Tutaj leży w żłobie.

Ale jeśli Bóg jest tak szczęśliwy z powodu narodzin swojego dziecka, to musiał być obok siebie z radością przy moich narodzinach, przy twoich narodzinach! Bo ty, ja też, prosta czy wywyższona, gruba czy cienka, duża czy mała, głupia czy sprytna Friedenauer to dzieci Boże! Jeśli nazywa się naszym ojcem, jesteśmy jego dziećmi! I właśnie dlatego Bóg był obok siebie z radością w momencie twoich narodzin! A kiedy się urodziłeś, całe szczęście Boże przyszło na świat razem z tobą!

I spójrz: W głębi naszych serc też to czujesz! To, co nazywamy wiarą, to właśnie to: ta idea, że jesteśmy dziećmi Bożymi. Możemy o tym zapomnieć na cały rok, ale w czasie Bożego Narodzenia staje się bardzo jasne: że to także nasze życie leży w żłobie, przyćmione Jego łaską, przyćmione jasnością Jego światła.

Tak, drogie siostry, bracia. Wszyscy jesteśmy dziećmi Bożymi. Czasami zapominamy, że jesteśmy braćmi i siostrami, kłócimy się, kłócimy się, konkurujemy ze sobą - ale bracia i siostry zawsze tak robią. I to nie zmienia faktu, że jesteśmy braćmi i siostrami, dziećmi jednego ojca. I jak dziecko w żłobie żyło, śmiało się, płakało; jak to dziecko, Syn Boży, kochało i zakochało się, i cierpiało, tylko po to, by w końcu odziedziczyć królestwo niebieskie - tak i my powinniśmy żyć i śmiać się i płakać, zakochać się i kochać. I w końcu będziemy błogosławieni, ponieważ szczęście przyszło na świat z nami, aby nas pobłogosławić. Dlaczego tak bardzo martwisz się o przyszłość? Masz ojca, który się o ciebie troszczy, który cię kocha jak matka, który jest z ciebie dumny jak Oskar, który stoi przy tobie, bo ty też byłaś kiedyś najpiękniejsza z jego dzieci.

Dla matki, jej własne dziecko jest zawsze najpiękniejszym dzieckiem na świecie.
I dla ojca też.

I kto mógłby być z tego szczęśliwszy niż ty, najpiękniejsze dziecko naszego ojca?!

2014

Jesteśmy nazywani dziećmi Bożymi - i jesteśmy!

1 John 3, 1

Dopłata
solidarnościowa,
zimny postęp, wojna
na Ukrainie, ISIS w
Iraku, wojna domowa
w Syrii,
Uchodźcy w Niemczech, uchodźcy
na granicach UE - fhew!
To już koniec. Jest bowiem jasne, że kazanie wigilijne nie może po prostu ignorować niedoli świata. Ale komu by pomogło moje opowiadanie o nędzy świata teraz? Nie jesteś głupi. Wiesz, jaki jest świat.

Dlatego nie będę mówił o nędzy, ale o nadziei. Nadziei, która jest dla całego świata, a więc i dla nas. Maryja i Józef, aniołowie, owce i karczmarze mówią nam o tym: o nadziei. I nie z nadziei, że pewnego dnia będzie lepiej, dla nich i dla całego świata. Ja też mam taką nadzieję. To pozostaje naszą nadzieją!
Miecze do pługów:
Co za wspaniała, prawie uwodzicielska nadzieja! I mocno wierzę, że to się spełni! Boska obietnica brzmi: *Pokój na ziemi!*
Ale jeszcze do tego nie doszło! I nie wystarczy też mieć nadzieję, że pewnego dnia powstanie świat, w którym warto żyć. Dla nas dzisiaj o wiele ważniejsza jest nadzieja, że jest dobra rzecz, w której można żyć.
Zbawiciel narodził się dla ciebie,
aniołowie śpiewają,
On już leczy to, co wydaje się zniszczone, on przychodzi, aby dać ci radość i kawałek nieba i wieczną błogość.

I jak to jest możliwe?

Nebbich! Spójrz tylko! Czy ci dwaj przy szopce dobrze się bawią? Bez schronienia, wśród obcych ludzi, i powoli robi się zimno

pod rozgwieżdżonym niebem. Ale czy ona miała coś przeciwko? Tam leży dziecko, zdrowe, stres z ostatnich dni się skończył - więc co do diabła?! Jutro? Jutro jest inny dzień! Ale dzisiaj jest dzisiaj, a dziecko w żłobie śpi jak aniołek. A w każdym razie, czy to nie jest jak śpiewanie aniołów? O miłości i zbawieniu, o dobroci i prawdzie? Spójrz tylko! To, co leży w żłóbku, to spełniona nadzieja Maryi, to marzenie Józefa, to koniec jej troski o dziecko, o zdrowie Maryi, o okoliczności jej narodzin. A wy, którzy stoicie w żłobie, niewierni jak pasterze, zdumieni, niepewni, nie słyszycie przesłania:
To dziecko urodziło się tobie!

I to dziecko - tak, to dziecko jest rzeczywiście nadzieją świata.
Bo to moje dziecko,
mówi Bóg,
jest moim synem,
jak jesteście moimi dziećmi.
On jest spełnieniem mojego miłosnego pragnienia,
mówi Bóg,
moja miłość do was, moje ludzkie dzieci.

To jest przesłanie świąteczne: że Bóg za tobą tęskni! Po wszystkich ludziach, w tym po tobie! Więc na co czekasz? Że jutro wasza praca będzie bezpieczniejsza; że jutro wszystkie kryzysy w stosunkach zostaną rozwiązane; że jutro będzie mniej stresu niż dziś? Proszę bardzo, oczywiście możesz na to poczekać. Ale czy to ma być spełnienie jego miłości do jego ludzkich dzieci?

Aniołowie mówią, jak to wygląda, kiedy Bóg kocha swoje dzieci.
Znajdziesz dziecko,
owiniętego w pieluchy i leżącego w żłobie.
To wszystko, czego potrzebuje. To wszystko, czego Syn Chrystusowy potrzebuje dzisiaj; jest jeszcze Jego Matka, Maryja, jest Jego ojciec; a oni mają pokarm, a przede wszystkim mają to dziecko. Dlaczego u ciebie miałoby być inaczej? Wszystko jest wam dane, znajdziecie wszystko dzisiaj, gdziekolwiek jesteście, w waszych domach, w drodze, z ludźmi, z którymi obchodzicie Boże Narodzenie. Nie, nie będą.

Zmieńcie się, ci ludzie, tak mało jak zmienicie samych siebie - ale co to ma znaczenie w nocy, w której śpiewają aniołowie; a oni śpiewają dla was i śpiewają o uzdrowieniu i zbawieniu, śpiewają o radości i szczęściu? Nawet śpiewajcie o *pokoju na ziemi,* ale też śpiewajcie o tym, jak silna jest tęsknota Boża za uc h, wy dziwne mury pokoju i dziwni goście skądś - ja też tego nie rozumiem, wy też nie, ale tak właśnie jest: To ciebie kocha, to ty jesteś ludem jego tęsknoty, do którego przychodzi w tę dziwną noc, która jest tak święta, że nie można o niej śpiewać ani nic mówić.

To ty.

2015

Bo nie mieli pokoju w schronisku.

Dzięki Bogu!
Tam jest miejsce dla wszystkich!

Tak, jeśli umiesz improwizować!
Maria i Józef trafiają do żłóbka na końcu podróży. Szczególnie Maria z pewnością wyobrażałaby sobie, że będzie zupełnie inaczej. Ale jeśli hostele są zatłoczone, żłobek jest lepszy niż nic. Może nie dzisiaj, ale wtedy nie było im tak źle ze żłobkiem. W Ziemi Świętej nie było żadnych stajni, zwierzęta były karmione na zewnątrz. Ale żłób został umieszczony tam, gdzie był suchy, na przykład pod wysięgnikiem skalnym, i chroniony przed wiatrem. I - w tym czasie, w tę świętą noc, byli tam dla siebie. W pokoju. Żadnych hałasów, kłótni, żadnych argumentów.
Nie mieli pokoju w hostelu...
a jednak było miejsce dla wszystkich.

Nawet dla pasterzy. Musieli siedzieć na zewnątrz, gdzieś pod wysięgiem skalnym, sami. Gdzie jeszcze? Nikt by jej nie chciał u swego boku, bo kto by został pasterzem?! Pasterze nie mieli dobrego miejsca w społeczeństwie. Ale to dlatego Bóg ma na nich oko.
Ja zwiastuję radość,
Anioł wzywa,
e u c h h o w a n i e , a nie jakaś głupia dupa, ale e u c h o w a n a polu, bo w przedszkolu jest miejsce dla wszystkich. Nawet dla ciebie, który nie ma miejsca dla nikogo innego.

Tam jest miejsce dla wszystkich!
Dla wszystkich ludzi dobrej woli.
Tak, to jest ograniczenie, które robią aniołowie:
Chwała Bogu na
wysokości i w pokoju na
ziemi
do ludzi dobrej woli.
Pokój bożonarodzeniowy nie wraca automatycznie do każdego domu, sama choinka nie robi świąt, ani nie robi prezentów samodzielnie. Kto nie chciałby być szczęśliwy w Wigilię Bożego Narodzenia - ale aby poczuć radość, którą obiecują aniołowie, trzeba poznać Boże

Ciesz się
Mam.
I to jest to, co masz, kiedy wstajesz i pędzisz do żłóbka i znajdujesz tam swoje miejsce, nawet jeśli zauważysz, że Syryjczycy nagle siedzą obok ciebie.

Tak, Syryjczyk! Przecież stamtąd pochodzą, mędrcy ze Wschodu. Są magikami, poganami z kraju, który teraz nazywa się Irak. Jest też miejsce dla nich w przedszkolu. Również w tym roku Pańskim 2015.
Tam jest miejsce dla wszystkich!

"F'ur alle| -
i dlatego dla ciebie, oczywiście. Chociaż - jest to tak naturalne, że jest jeszcze miejsce dla ciebie. A może wyobrażasz sobie, że jesteś lepszy od pasterzy czy magików? Przynajmniej mają przy sobie prezenty; magowie przychodzą ze złotem, kadzidłem i mirrą, pasterze mają wełnę i jagnięce salami - ale co my mamy? Chcesz dać mu swoją edukację? Będzie jej potrzebował już teraz! Chcesz mu dać swojego SUV-a? Później nie będzie potrzebował niczego innego, jak tylko osła! Chcesz mu dać złoto? Poganie już to robią. Co dasz mu w prezencie?

Ale czy w ogóle musimy coś dawać? Jest miejsce dla wszystkich - miejsce dla dużych i małych; dla słabych i silnych; dla silnych kobiet i zmęczonych; dla osób odnoszących sukcesy i porażki; dla blondynek i czarnowłosych; dla szczęśliwych i smutnych. W przedszkolu jest miejsce dla każdego z was. Nie potrzebujesz drogich prezentów, po prostu musisz iść.
Tam jest miejsce dla wszystkich!

A poza tym, wszyscy macie coś do dania. Bo jest coś, co wy wszyscy macie! To, co wszyscy przywieźliście ze sobą dziś wieczorem: Twoja miłość!

I to jest odpowiednie miejsce dla ciebie w przedszkolu. Ponieważ żłób jest miejscem, gdzie naprawdę liczy się tylko jedna rzecz, a mianowicie miłość. Bo w

sama szopka ma miłość, całą miłość Boga do jego ludzkich dzieci.
Bóg tak bardzo kochał świat, że dał
mu swego jedynego Syna;
aby wszyscy, którzy kochają, mogli znaleźć z nim
miejsce. Więc ty też! Ty ze wszystkich ludzi,
którzy są tak pełni miłości!

Czekają na ciebie wspaniałe święta. Uczta pełna miłości - ze Świętą Rodziną, z pasterzami, z Twoją rodziną, z innym riffraffem i magikami z Orientu. I z setkami tysięcy aniołów! Jeśli powietrze jest jak drżenie, gdy wracasz do domu, to z powodu tłumu niebiańskich gospodarzy, którzy cię wołają:
Chwała niech będzie Bogu na wysokości!
Chwała Bogu, który jest miłością!
Pośpieszcie się! Chodźcie znaleźć jego

miłość! Zróbmy to w Boże Narodzenie!

2016

Wigilia w roku Pańskim 2016:

Kochajmy się,
bo on pierwszy nas kochał.

1 Jana 4, 19

Czy w ciągu tych wszystkich lat zauważyłeś, co jest na górze twojego arkusza piosenki?
Wigilia w Roku Pańskim.
I w tym roku zyskało to bardzo szczególną aktualność: że rok 2016 będzie
Rok Pański
jest. Na całym świecie, wszystkie narody liczą swoje lata jako
Lata Pańskie,
nawet ci, którzy w niego nie wierzą, i mają co do tego rację: Dla Pana, dziecka w żłobie, jest także ich Zbawicielem i źródłem wszelkiego zbawienia.

Chciałabym przypomnieć państwu o tym dzisiaj, w tym roku, który był tak pełen niepokojących wiadomości. Co powinno być w moim dzisiejszym kazaniu, kto powinien w nim być? ISIS, huh? Boże! Zabójca z Breitscheidplatz? Boże! Atut może się zdarzyć - w tym momencie ludzie zazwyczaj się śmieją! - Erdogan, Assad, Putin - oh, oni będą tylko przypisami w historii! Nie żyjemy bowiem w roku 1 przed Trąbą, lecz w roku Pana, który jest Zbawicielem świata. I nie czyni on Ameryki *znowu wielką* ani Turcją, ani nawet Wielką Brytanią, ale czyni wielkich duszpasterzy i młodą parę z nieślubnym dzieckiem wielką; czyni wielkich gejów i cudzoziemców, chorych i uchodźców w ratuszu Friedenau i bezbronnych i oczywiście ciebie; my, którzy stoimy przy jego szopce, obok magów z Iraku, pod gwiazdą, która jest znakiem dla wszystkich ludzi: znakiem zbawienia.

Tam, wśród duszpasterzy, wśród młodych małżeństw z nieślubnym dzieckiem, jest to, za czym ludzie tęsknią; za czym ludzie tęsknią przede wszystkim za tymi, którzy nie są wielcy i potężni, wpływowi i bogaci. *Ty biedny i nędzny,*
śpiewamy w Boże Narodzenie,
Chodźcie,
chodźcie
wolni
z twoich rąk wiary.
Tak, żyjemy w roku Pańskim 2016, a ten rok i nadchodzący rok, 2017, będzie rokiem zbawienia. Ponieważ

Przyszedł Zbawiciel, który może nie zmienił całego świata, ale przynajmniej twojego życia! Gdzie byśmy bez niego byli? Dlaczego tu jesteś? Bo masz tęsknotę, tęsknotę za życiem, które świeci wszystkim w dzieciństwie i w którym nikt z nas nie mógłby zostać. Tak, my dorośli wyrośliśmy i wiele straciliśmy w tym procesie: życzenia, marzenia, nadzieje, może nawet cele. I właśnie z tego powodu wyruszamy z dziećmi, aby znaleźć szczęście, znaleźć zbawienie, błogość spełnionego życia, tak jak to robią dzieci. I spójrz:
Oto i ona,
dziecko,
na sianie i słomie:
Tu właśnie leży szczęście, trzeba je tylko rozpakować jak cenny dar.

Jaki był najlepszy prezent?
Zapytałam Maxa wieczorem, kiedy położyłam go do łóżka, a on trochę się zastanowił, a potem westchnął:
miecz!

Plastikowy miecz, który wziąłem ze sobą na pięć dziewięćdziesiąt pięć: to był najpiękniejszy prezent. Ale wszystko inne było o wiele droższe! I widzisz: tego właśnie uczą się pasterze tamtej nocy, tego możemy się nauczyć tutaj w żłobie: że nie potrzebujemy wygranej na loterii, aby być szczęśliwym, i nie potrzebujemy stałej umowy o pracę ani SUV-a, aby ścigać się po pastwiskach, ale tylko dziecko, z którym rodzi się miłość. Potem, gdy spojrzysz na siebie pod choinką i stwierdzisz, że się kochacie
- Także ciotka Ruth, która niestety jest tam również - jeśli spojrzeć na siebie i zdać sobie sprawę, mimo wszystkich dziwactw, mimo wszystkich przywiązań, mimo wszystkich argumentów: Właściwie, to kochamy innych! - wtedy Bóg będzie tam i z nim szczęście. Mamy szczęście, że mamy siebie nawzajem.

I dlatego w tym roku, wszystkie lata od narodzin tego jednego dziecka były latami zbawienia: ponieważ Bóg dał nas sobie nawzajem. Ponieważ Bóg nie przekazał tego świata Trąbowi, a nie Augustowi czy Karolowi V, ani hordom konkwistadorów, a na pewno nie rzeźnikom z ISIS, lecz tym, którzy Go szukają.

i jego miłość. I znajduje się tam, gdzie się kochamy. I nikt nie może nam w tym przeszkodzić, nie ma władzy, nie ma przemocy, nie ma potrzeby i nie ma obaw. Bóg dał świat tym, którzy kochają; cisi będą posiadali ziemię; ci, którzy nie mają nic, będą mieli wszystko - z miłości.

Dlatego kochajmy! Ośmielajmy się kochać! Nie tylko w święto miłości, ale we wszystkie dni: Wtedy i ten rok 2016 będzie rokiem Pana i rokiem zbawienia na końcu.

2016

"Nie bójcie się!

"Nie bójcie się!

Być może to jest najważniejsze przesłanie dzisiejszego wieczoru: Nie bójcie się tych, którzy chcą szerzyć strach i terror! Nie masz pracy.
Bo daje się nam dziecko,
rodzi się syn,
a panowanie spoczywa na jego ramieniu:
To jest jasne Boże przesłanie, jak to się skończy z ISIS, jak to się skończy z Assadem. Są na straconej pozycji, ponieważ ten, kto położy kres ich panowaniu, urodził się dawno, dawno temu. To zakończy całą tyranię!
Dla każdego buta, który chodzi w marszu, i
każdego płaszcza, zabarwionego krwią,
jest spalany i konsumowany przez ogień:
To jest prawdziwe zagrożenie, którego ISIS i Assad muszą się obawiać; to jest sąd Boży nad ich rządami; to jest powód, dla którego są w straconej pozycji; i to jest powód, dla którego nie boją się!

"Nie bójcie się
nawet jeśli się boisz!
Oczywiście może mieć to wpływ na nas, tak jak na ludzi na Breitscheidplatz i na ludzi w Aleppo, tak jak wpłynie to na ludzi gdzieś na świecie dzisiaj. Ale gdyby ten świat był rajem, nie potrzebowalibyśmy tego przesłania:
"Nie bójcie się!
Ale niestety świat nie jest rajem i dlatego nadal potrzebujemy tego przesłania; tego przesłania, które jest wam głoszone: Pozostańcie nieustraszeni mimo całego strachu! Pozostańcie nieustraszeni mimo całego tego horroru!

Bo tego dnia narodził się wam Zbawiciel.
to przegrana sprawa, że ci, którzy walczą, którzy walczą z ludźmi. Bo takie jest przesłanie Boga: jestem z ludem! Jestem tu, w środku tego świata, który nie jest rajem; jestem tu, w nędzy, w biedzie, w strachu, w bólu, w bezsilności, w chorobie, w śmierci Jestem tu, jestem z wami! Jestem po waszej stronie, bez zastrzeżeń, nieodwołalnie; leżę w żłobie; jestem na zewnątrz, na świeżym powietrzu; jestem w środku, na Handjerystraße 73 lub na

Görresstraße 3 lub Blanckenbergstraße 48; tu w kościele jestem z dziećmi, z dorosłymi, z tobą! Dlatego też
"nie bójcie się!
Albowiem w tym dniu narodził się wam
Zbawiciel, którym jest Chrystus Pan,
dziecko - a jednak silniejsze niż jakikolwiek
tyran, tylko dziecko - a jednak wybawca
świata.

"Nie bójcie się!

Tak, wiele rzeczy się kończy; świat jest pełen zmian, a to, w czym czuliśmy się bezpieczni, nie jest już bezpieczne - ale czy to jest powód do obaw? Pomyślcie o swoim życiu - i nie bójcie się zmian!
Pasterze są przerażeni na śmierć, ale
"nie bójcie się!
mówi anioł,
Dzisiejsza noc jest nocą, w której wszystko się zmieni - dla twojego zbawienia! Kiedy wojny były już za nami , poszła zobaczyć... nieoczekiwane, które przyszło dla ciebie na świat! Anioł wzywa pasterzy z ich rutyny, z ich codziennego życia, z rutyny, wzywa ich z ich lęków i niepokojów - bo to, co nieoczekiwane, stało się; a tego, co nieoczekiwane, nie ma się czego obawiać; przeciwnie: to tylko czekanie
w pośpiechu
jest poszukiwany;
Bóg daje ci szansę na zmianę twojego życia -

bo w tym dniu narodził się wam
Zbawiciel, którym jest Chrystus Pan.

Nie bój się świata,
i nie bójcie się w swoim codziennym życiu!
Więc nie obawiaj się dzisiaj niczego, czego normalnie się boisz! Nie bójcie się wracać do domu, nie bójcie się tego, co was czeka! Nie bójcie się tego, co nadchodzi! Nie bójcie się niespodziewanego!

Co może się z tobą stać, gdy na świecie jest zbawienie, Zbawiciel jest tam - dla ciebie!

"Nie bójcie się...
bo nie masz powodu, by się bać.
Ponieważ jest on z nami, niezłomny, nasz Bóg, z całą swoją mocą, z całą swoją bezsilnością, z całą swoją miłością. To właśnie miłość Boga daje ci niespodziewane, daje ci przyszłość i zbawienie. Ale właśnie dlatego wszyscy tyrani są na przegranej pozycji! Bo nie mają nic do przeciwstawienia się Bożej miłości! I dlatego nie musisz się bać! Bo ty jesteś tym, kogo Bóg kocha.

To wy jesteście tymi, których Bóg kocha! A kiedy spojrzysz na siebie pod choinką i stwierdzisz, że się kochają - na przekór cioci Weronice, która niestety jest i tam; na przekór wszelkim dziwactwom; na przekór wszelkim przywiązaniom; na przekór wszelkim kłótniom - wtedy Bóg będzie tam i z nim szczęście. Mamy szczęście, że mamy siebie nawzajem.

Dlatego nie bójcie się!

2016

A ty, Betlejem Efrata,
wy, którzy jesteście mali wśród miast Judy,
Od ciebie przyjdzie do mnie ten, który jest Panem w
Izraelu, którego pochodzenie jest na początku,
z dni wieczności.
Tymczasem Pan oddaje swój lud wrogowi,
dopóki ten, który ma rodzić, nie urodzi.
Wtedy ci, którzy przeżyli, "wrócą
do Izraelitów".
Ale on się pojawi
i będą karmić się w mocy Pana
i w majestacie imienia Pana, jego Boga. I będą żyć
bezpiecznie;
bo będzie to chwalebne w tym samym
czasie aż do końca ziemi.
A on będzie pokojem.

Micah 5, 1-4a

Wszystkie wielkie rzeczy zaczynają się od małych. Transformacja świata na przykład zaczyna się w Efracie. Bo z Efraty przyjdzie ten, który
to pokój,
który przynosi pokój,
świata,
wszystkich ludzi.
Wtedy narody wykują
miecze w pługi:
naprawdę niesamowitą transformację świata w wieczne królestwo pokoju.
I gdzie to się zaczyna?
Nie w *Złotym Mieście,* w Jerozolimie; nie w Wiecznym Mieście, w Rzymie; ale w Efracie, której wysypisko nie wiemy nawet dzisiaj, gdzie ono wtedy było.

Wszystkie wielkie rzeczy zaczynają się od małych.
Aby zapanował pokój na świecie, najpierw musi urodzić się dziecko.
dopiero
...że ta, która ma rodzić, urodziła,
pojawi się ten, który przyniesie pokój. Nic się przed tym nie dzieje.
Wszystko zależy od narodzin dziecka.

To naprawdę nic specjalnego, prawda? Żeby urodziło się dziecko. To się zdarza sto tysięcy razy dziennie. To normalne, codzienne. Zupełnie niespektakularne, mało imponujące wydarzenie. Ale tylko w ten sposób można osiągnąć to, co najważniejsze: niespodziewane i niepozorne. Wszystkie wielkie rzeczy zaczynają się od małych.

Więc dlaczego jesteś taki sceptyczny? Dlaczego patrzysz na świat tak sceptycznie? Tak, zazwyczaj nie robimy bohaterstw. Moja praca - również moja praca! - składa się w dużej mierze z rutyny. A gdy pojawia się atrakcja - naprawdę wielka, ekscytująca, wzruszająca, szczęśliwa, wspaniała służba - tylko 40 osób siedzących w kościele może ją zobaczyć. Cóż, lepiej niż nie ma żadnej atrakcji. Ale rozbijanie ziemi nie jest tym, co ja robię. Prawda?

Wszystko co wielkie zaczyna się od małych...

nie lekceważcie rutyny waszej pracy! Nie lekceważcie tego, co robicie na co dzień! Sprowadzenie dziecka na świat nie jest aktem heroicznym - a jednak zmienia wszystko! Zmienia życie matki, ojca, rodzeństwa, sąsiadów. Bez dzieci nie ma szkoły, nie ma nauczycieli, nie ma pediatrów, nie ma Bündische Jugend, nie ma przyszłości. Nie ma dzieci, nie ma przyszłości! Tak więc z każdym dzieckiem rodzi się kawałek przyszłości! Matka w łóżeczku dziecięcym nie martwi się o to, a ci, którzy nie są całkowicie oderwani od rzeczywistości, nie oczekują, że ich własne dziecko, od wszystkich ludzi, pewnego dnia zdobędzie Nagrodę Nobla za odkrycie, które zmieni świat. Tak, w Berlinie także, codziennie rodzi się kilkanaście dzieci. W szpitalach, to rutyna. A jednak każde dziecko oznacza, że przyszłość się zmienia. \Nikt nie wie. A jednak tak jest.

W ten sposób oznacza to wszystko, co robisz. Twoja codzienność: Może wydawać się mała i niepozorna, zupełnie nieoczekiwana, a jednak nigdy nie wiadomo, co z niej wyrośnie. Przyjazne pozdrowienie rano na klatce schodowej - a Twój sąsiad nagle idzie do pracy o wiele bardziej przytomny, robi swój biznes wesoło, zaraża nim innych, którzy dlatego wracają do domu bardziej zrelaksowani, samochodem, a więc mogą zahamować w czasie, gdy dziecko wybiegnie na ulicę - a w końcu Twoje przyjacielskie pozdrowienie uratowało życie ludzkie. I nigdy się nie dowiesz! A jednak zmienili świat! Bo ktokolwiek ratuje jedno ludzkie życie, ratuje cały świat.

Ephrata: hick town. Friedenau: na pewno nie jest to pępek świata. A jednak może zacząć się tutaj, co narysuje niesamowite kręgi. Każdego dnia, każde działanie może spowodować, że nasz świat - jedyny, jaki mamy - zmieni się. I nic nie byłoby gorsze, niż gdybyśmy stracili w to wiarę! Że świat może się zmienić. I że początek wszystkich zmian tkwi w tym, że nie jest imponujący.

To jest dobra wiadomość: że wszystko co wielkie zaczyna się od małego. Jest to przesłanie dla wszystkich tych, którzy czują się mali, bez znaczenia; dla wszystkich tych, którzy nie oczekują od swojej codzienności niczego więcej niż rutyny; dla wszystkich tych, którzy pogodzili się z tym, że ich życie jest takie, jakie jest.
Tak jest, jest dobrze,

prorok do nich wzywa, ponieważ czasami to właśnie te małe, niepozorne, bezsensowne rzeczy niosą ciężar w wielkich planach Boga. Gdzie zaczyna się zbawienie? W Ephracie, w tym śmietniku. I do kogo przychodzą aniołowie? Dla pasterzy, te nieudane życia. Gdzie chwała Boża przyćmiewa całą biedę? W żłobie! Z kim przychodzi na świat zbawienie i błogosławieństwo? Z nowonarodzonym dzieckiem! To jest właśnie przesłanie Bożego Narodzenia: że chwała Boża objawia się tam, gdzie nikt jej nie podejrzewa. A zbawienie znajduje się tam, gdzie nikt go nie szuka. W naszym codziennym życiu. W twoim salonie, być może. W twoim życiu! Zbawienie przychodzi dość niespodziewanie. Do tych, którzy podejrzewaliby to gdziekolwiek, oprócz siebie samych.

Tak, o to chodzi w Ephracie.
Zbawienie znajduje się tam, gdzie nikt by go nie
podejrzewał. Tuż pod nami.

Niezbędny

A potem pytam o przyznanie się: Które z was chce zagrać główną rolę? I pytają z powrotem: czyja to główna rola? Potem wzruszam ramionami. A oni myślą:

Maria, bez wątpienia. Gdyby nie urodziła, dziecko by się nie urodziło.

Ale nie ma dziecka bez ojca! Bez jego ojca Józefa, Jezus nie byłby potomkiem króla Dawida, a zatem nie byłby Zbawicielem. Bo sam Bóg tak postanowił, że Zbawiciel musi być z domu Dawida.

Ale czy samo dziecko nie odgrywa wtedy głównej roli? Gdyby to dziecko nie było Mesjaszem, jego narodziny zostałyby zapomniane dawno temu.

Ale kto by w ogóle zauważył to narodziny, gdyby nie anioł. Gdyby anioł Pański nie posłał pasterzy do żłóbka, nikt poza Maryją nie zwróciłby uwagi na to, co się stało.

Ale gdyby pasterze nie powiedzieli innym tego, co słyszeli i widzieli, to przesłanie nie rozpowszechniłoby się.

Ale wśród pastuchów są owce. Żadnych owiec, żadnych pastuchów. Więc owce też do niej koniecznie należą.

I ty i ja, oczywiście. Gdybyś ty i ja nie wierzyli w przesłanie aniołów i doniesienia pasterzy, nie byłoby oczekiwanych, odkupionych, szczęśliwy chrześcijanin. Boże Narodzenie bez nas po prostu by się przewróciło.

Ale właśnie dlatego wzruszam ramionami, kiedy moje zeznania proszą mnie o główną rolę. Bo wszyscy są ważni. Bo nikogo nie może zabraknąć. Ponieważ każdy jest nieodzowny, gdy przychodzi zbawienie na świat.

Nawet ty.

Uwaga na temat praw autorskich:

Część tekstowa poświęcona *Marii Carolina de Jesus* w kazaniu z 2009 roku pochodzi z nabożeństwa bożonarodzeniowego w katolickim kościele św. Bonifacego w Hofheim am Taunus w 1970 roku. Tam, bez wskazania autora*w używanej lekturze.

Printed by Books on Demand GmbH, Norderstedt / Germany